AF246341

LETTRE

A MADAME

LA DUCHESSE DE ***

CONTENANT

DES OBSERVATIONS

fur LES TALENS DU THEATRE, &c. où l'on a joint quelques Piéces, qui font échapées aux recherches du Compilateur, avec des Vers nouveaux, fur diverfes matieres du tems.

*Par Mademoifelle de ****

A PARIS,

Chez MESNIER, ruë Saint Severin, au Soleil d'Or, *où* en fa Boutique, au Palais, Grande Salle, même Enfeigne.

MDCCXLV.

A MADAME

LA DUCHESSE DE *⁎*

MADAME,

N prenant la liberté de vous écrire & de vous gronder, j'abuſe peut-être un peu trop de vos bontés, mais je ne puis me taire : Pouvez - vous reſter dans un Château, où vous ne voyez que vos gens, & quelques campagnardes ennuyeuſes, qui ont intérieurement la vanité de ſe croire auſſi grandes Dames que vous ? Pouvez-vous, dis-je, être tranquille dans votre *iſolement*, pendant que Paris retentit de la valeur du Roi, de ſes glorieuſes Victoires, des brillans eſſais militaires de Monſeigneur le Dauphin, & qu'il n'eſt point d'éloges que ne méritent nos moindres Troupes ? Mais, Madame, les François pourront-ils jamais être vaincus, tant qu'ils auront à leur tête les objets de leur amour & de leur vénération ? à l'occaſion de la celebre Bataille de Fontenoy, chantée ſi divinement par Monſieur de Voltaire, on a tiré, à la Ville, un ſuperbe Feu d'Artifice, de la compoſition des freres *Ruggieri*, natifs de Bologne en Italie, dont les talens vons ont extrèmement ſurpris l'année paſſée, dans l'exécution de leur Feu intitulé *le Berceau*. *L'Atlas* qu'ils donnent actuellement, ſur le Théatre Italien,

A ij

réuffit avec un fuccès qui étonne les yeux & l'efprit :
ces gens-là manient la poudre comme un habile Peintre
manie fon Pinceau ; Étoiles fixes, Soleils, Lunes,
Gerbes, Globes, tout eft de leur reffort.

Revenez-donc, Madame, partager nos amufemens
& admirer ces prodiges de l'Art. Peut-on refpirer ail-
leurs qu'à Paris, ou du moins, peut-on être long-tems
fans y revenir, quand nos volontés ne craignent aucune contradiction ?

Un jeune homme de mes parens, qui vint de Breta-
gne me voir, au mois de Novembre dernier, me con-
firme encore dans mon opinion fur Paris, & je ne con-
çois pas comment j'ai pu oublier de vous faire voir les
Vers qu'il fit, en partant pour s'en retourner, dans le
tems que le Roi honoroit la Capitale du Royaume de fa
préfence. Voici les Vers en queftion :

> Adieu, Ville pleine de charmes,
> Où regnent les jeux & les ris ,
> En m'éloignant de vos Palais chéris
> Je gémis, je verfe des larmes ;
> C'eft le moindre tribut que je doive à Paris.
> Eft-il au monde un lieu plus agréable ?
> Le plaifir, fous un mafque aimable,
> Y fait naître la volupté ;
> Tout y refpire la gaïté,
> Sur-tout depuis que le Ciel favorable,
> Y fait voir de L o u i s l'augufte Majefté.
> Je reverrai le lieu de ma naiffance ,
> Je reverrai mon Pere & ma Mere & ma Sœur,
> Je reverrai mon Oncle, Protecteur
> Des Arts & des Talens que le bon goût encenfe ;
> Mais cet attrait flateur, dont mes fens font ravis,
> Ne peut me confoler d'abandonner Paris.

Mais, Madame, qu'elle erreur eft la mienne ? Je
m'apperçois que je me trompe : le fein de Paris ne fe

trouve-t'il pas par-tout où vous êtes , par l'affiduité avec laquelle on vous envoye toutes les nouvelles , & tout ce que la preffe fait éclore d'intereffant ? c'eft pourquoi je ne doute pas que vous n'ayez vû *les Talens du Théatre* , compilation de prefque tous les Vers que l'on a faits , depuis plus de vingt ans , à la loüange des illuftres Perfonnages qui nous divertiffent encore tous les jours , par leur gracieufe déclamation ou leurs jeux comiques , leur voix fonnore , ou leurs pas variés , par les graces & par les amours.

Cet ouvrage , felon moi , mérite quelque éloge , par les foins d'avoir raffemblé , en un feul corps , la plus grande partie de ce qui étoit noyé dans un fatras de volumes périodiques ; mais j'aurois voulu que l'Auteur , qui nous a régalé de ce Cadeau Litteraire , eût réparé , par une Préface , le tort que les Poëtes ont eu de n'avoir pas célébré quelques perfonnes dont les Talens ne font rien moins que méprifables ; il auroit pu , en les nommant feulement , les tirer de l'efpece d'obfcurité où il les a laiffées , & par là , faire connoître aux Lecteurs de fon Ouvrage qu'elles font dignes , à quelques égards , d'avoir une place au Temple de Mémoire.

Par exemple , à l'article de l'Opera , il n'eft fait aucune mention du celebre *Dupré* , des gracieux *Malters* , des rapides *Javiliers* , de l'impétueux *Sodi* , ni de plufieurs jolies Danfeufes qui ont des graces , & que l'on applaudit avec juftice.

Le Page , *Albert* , *Cuvilier & la Tour* , plaifent à beaucoup de monde ; il n'en eft pas queftion. Cela prouve que la plûpart des loüanges données ont d'autres vues que les Talens ; & je fuis tentée de croire que fi une brillante Danfeufe avoit été moins aimable qu'elle ne l'eft , elle n'eût pas été tant célébrée par les Mufes.

La Comedie Françoife eft encore plus maltraitée ; tous les éloges font pour la charmante *Gauffin* , & l'aimable *Dangeville* : Je conviens que ces deux Actrices font admirables ; mais pour cela falloit-il oublier *Sarrazin*, *Armand*, *la Thorilliere*, *Legrand*, *Poisson*, *Lanouë*, *Rozelly*, & quelques Actrices, comme Mesdemoiselles *Dubreüil*, *Lamotte*, & *Lavoye* ? En conscience, Madame, je me sens très - sérieusement en colere d'un oubli aussi marqué, & je ne puis me persuader que la raison en soit le fondement.

La Comedie Italienne est un peu mieux servie. Cependant je n'ai pu sans dépit ne rien trouver à la loüange de Mademoiselle *Flaminia*, que vous connoissez parfaitement pour une personne d'un mérite peu commun. Les vrais connoisseurs l'estiment beaucoup dans l'Italien, & la mettent au-dessus de ce qu'il y a de meilleur, dans son genre, en Italie. De plus, elle est aggrégée, comme telle, dans plus d'une Academie *Ultramontaine*.

Scapin est un Pantomime charmant, de qui on pouvoit dire mille bonne choses, puisque c'est un Acteur qui plaît généralement.

Mario devoit-il être omis ? Il est excellent dans les Amoureux Italiens, & il remplit plusieurs bons rolles en François, comme de certains peres, des païsans, des niais ; sur-tout, il est inimitable dans *les fausses confidences*, où il joüe le Procureur.

Thomassin joüe avec goût ; s'il ne danse pas comme *Balletti*, peut-on nier qu'il n'ait beaucoup de jarret & de legereté : qui mieux que lui danse le Polichinelle ?

Camille, sœur de *Coraline*, est admirée & promet une grande Danseuse. Eh bien ! ne pouvoit-on pas lui adresser ce Quatrain ?

Camille, encore dans l'enfance,
Avec goût vous formez des pas :
Vous ferez quelque jour briller tous les appas
Qui peuvent manquer à la Danse.

Que dites-vous, Madame, de ce coup d'essai de versification ? S'il a le bonheur de vous plaire, je tâcherai de vanger une partie des Acteurs oubliés, & j'en forme dès à present le projet. Mais auparavant, Madame, permettez-moi de vous faire part d'une découverte heureuse que j'ai faite : Une personne qui m'honore de son amitié, & qui estime comme vous les talens distingués de Mademoiselle Silvia, m'a communiqué trois ou quatre pieces, à sa loüange, qui, je crois, n'ont jamais été imprimées, & je vais les transcrire ici de suite :

VERS de M. PESSELIER.

IL est une Actrice admirable,
Qui captive à la fois les esprits & les cœurs :
De la critique inexorable,
De l'envie aux yeux noirs ses talens sont vainqueurs.
Dans son glorieux sein *Toulouse* la vit naître,
Et Paris dans le sien toujours la portera.
Elle peut, à ces traits, ne pas se reconnoître,
Mais tout Paris la nommera.

Le plaisir vole sur ses traces ;
Elle joint la finesse à la naïveté,
Et les plus séduisantes graces
Au plus vif agrément de la legereté
Le charmant Naturel, qui fut son premier maître,
Lui donna ce que l'art jamais ne donnera ;
Elle voudra sans doute ici se méconnoître,
Mais tout Paris la nommera.

Qu'il est beau d'ignorer soi-même
La conquête des cœurs qu'on attache à ses pas,

Heureux talens que je vous aime,
Lorſque le fol orgueil ne vous dégrade pas !
De celle que mes Vers déſobligent peut-être,
L'auſtere modeſtie en vain murmurera ;
Cette ébauche commence à la faire connoître,
Et le Parterre achevera.

Quoi ! toujours de l'incertitude
Sur l'objet dont le nom eſt pour vous un ſecret !
Diſſipons votre inquiétude,
Dût celle que je peins m'appeller indiſcret.
Je vais vous la donner facile à reconnoître :
Montrez-vous ſur la Scene, elle s'y trouvera ;
J'oſe même aſſûrer qu'en vous voyant paroître,
Le Parterre la nommera.

VERS d'un Auteur, *en lui envoyant une Piece.*

TOI que le Public idolâtre,
SILVIA, l'ame du Theatre,
Par les graces & par l'eſprit,
On te ſoumet ce Manuſcrit.
Si l'auteur, quel qu'il ſoit, mérite ton ſuffrage,
Il eſt au comble de ſes vœux.
Si tu veux ſur la Scene enrichir ſon ouvrage,
Le ſuccès n'en eſt pas douteux.

Un homme qui ne l'avoit point vûe depuis près de
douze ans, lui envoya ces vers.

SE peut-il que le tems, tyran de notre vie,
   N'ait fait qu'augmenter vos attraits ?
Depuis près de douze ans que de loin, ni de près,
Je n'ai vû les beaux yeux dont mon ame est ravie,
Quoi, je les trouve encor plus brillans que jamais !
Ce mérite éclatant, gage unique & fidele
   Du rang que vous gardent les Dieux,
   En ce moment, m'ouvre les yeux,
Charmante SILVIA, vous êtes immortelle.

PORTRAIT.

CHARMER le Spectateur par le plus beau de
   l'Art,
Et l'embellir encor des traits de la Nature ;
Paroître habile en tout, gracieuse & sans fard,
Aimable SILVIA, voilà votre peinture.

Avouez, Madame, que votre cœur s'est épanoui de joye à la lecture des vers judicieux qui ont été faits pour cette digne actrice, & convenez qu'elle est l'unique au monde, qui connoisse le plus parfaitement le cœur de son sexe, qu'elle possede en gros les caracteres de toutes les femmes, & qu'elle les rend au mieux en détail.

Mais, Madame, vous parlerai-je de l'Opera Comique ? Oui, tous les Spectacles sont du goût des personnes en qui il domine. Le compilateur en a dit peu de chofe , & peut-être a-t'il crû qu'il en difoit encore trop. Cependant il eft inconteftable que ce Spectacle plaît à préfent à beaucoup de monde ; les fujets qu'il a répréfentés depuis peu , qui ont intereffé toute la Nation , * la gayeté inféparable du Vaudeville , une certaine décence qui ne lui étoit pas ordinaire , tout cela rend fon deftin plus brillant que jamais. Je fuis fâchée que l'on n'ait pas plus célébré d'Acteurs & d'Actrices de ce Théatre ; Je fens bien ce qui a retenu les Mufes . & je ne m'aviferai point de les engager à fe démentir , à moins que vous ne me l'ordonniez ; vous feule , Madame , pouvez me faire vaincre la force du préjugé. En attendant vos ordres à ce fujet , daignez accepter quelques portraits des perfonnes de Théatre qui me font toujours plaifir , & que j'ai pris la liberté de crayonner. Si mon ouvrage vous détermine à être de mon fentiment , je me croirai de très-bon goût.

ESSAI DE PORTRAITS.

A M. SODI *Danfeur Italien.*

TU danfes avec tant de force ,
Que je crois , cher SODI , fans vouloir te flatter ,
Que c'eft Eole qui te force
A tout moment à l'imiter.

A M. ROZELLI.

QUE dirai-je de ROZELLI ?
C'eft un Comedien extrêmement joli ;

* Les Victoires & la Convalefcence du Roy.

Je porterai fon nom au-deffus de la nuë,
Quand la voix lui fera venuë.

— — — — — —

A M. BENOZZI.

BENOZZI, Docteur Lanternon,
Dans ce rolle a trouvé le fûr moyen de plaire ;
Mais avouons que le compere
Jouë à ravir du violon.

— — — — — —

A M. STICOTTI.

QUOIQUE par fon rolle il le femble ;
STICOTTI vraiment n'eft pas fot ;
Et tant qu'il jouera le Pierrot,
Sa figure & fon jeu quadreront bien enfemble.

— — — — — —

A MADEMOISELLE FLAMINIA.

LES connoiffeurs, ce Public refpectable,
Que le vrai feul touche, ravit,
Vous trouveront beaucoup d'efprit,
Des fentimens, un génie admirable.
Oui, fçavante FLAMINIA,
Sur la Scene Italique en vain on cherchera
Une Actrice à vous comparable ;
Tous les Spectateurs de ces lieux
Ne connoîtront jamais les vrais préfens des Dieux.

A M. BONNEVAL.

BONNEVAL me semble estimable,
Il possede assés bien son art ;
Il est doux, gracieux, affable,
Et me plaît beaucoup en vieillard.

A M. ARMAND.

ARMAND, éleve de Thalie,
Tu sçais mêler l'agréable folie
Au sérieux le plus charmant.
Soit que tu danses, que tu chantes,
Tu gagnes le Public, tu lui plais, tu l'enchantes,
Et tous les cœurs sont pour ARMAND.

A M. SARRAZIN.

QUOIQUE Riccoboni dans Agnès fasse rire,
En contrefaisant SARRAZIN ;
Quand il nous réprésente un Empereur Romain,
Malgré sa voix rude, il inspire
Quelque chose de doux qui pénétre le cœur,
Et qui décide assés qu'il est un grand Acteur.

A M. DE LA THORILLIERE.

MA foi, le monde est bien étrange !
Jadis LA THORILLIERE étoit hué, sifflé ;

Acteur mauvais il étoit appellé.
  Voyez un peu comme tout change !
  Il rend au mieux un Financier,
Un radoteur, un ridicule pere ;
  On applaudit La Thorilliere,
Et toujours il a fait aussi bien son métier.

A M. CARLIN.

Pendant plus de vingt ans Thomassin dans
      Paris,
Attendrit dans les pleurs, réjouit dans les ris.
On croyoit que jamais la féconde Nature
Ne pourroit remplacer ses gestes, sa figure ;
Cher Carlin, tu démens tout le monde aujour-
      d'huy :
On dit par-tout de toi ce qu'on disoit de lui.

A M. CIAVARELLI,

Que l'on aime le grand Scapin,
Quand, dans une nuit fort obscure,
Avec le petit Arlequin,
Il fait une Scene qui dure.

EPITRE à Mademoiselle CORALINE,
qui se trouve à la tête de LA SALAMANDRE,
*Nouvelle Allégori - Comique , qui lui a été
dédiée.*

ACCEPTEZ, Belle CORALINE,
Le préfent que mon cœur vous fait ;
Ma Mufe, pour qu'il fût parfait,
Voudroit pouvoir être divine ;
Son vol rapide, dans les Cieux
Voudroit aller puifer la rime,
Et pour mieux fe mettre en eftime,
Vous parler comme on parle aux Dieux.
   En vous je vois une Déeffe,
Pour la beauté, pour les talens ;
Chez vous que d'art ! que de fineffe !
Que de pas flateurs & brillans !
   En vous offrant ma *Salamandre,*
C'eft fans doute vous offrir peu ;
Mais quel préfent peut-on attendre,
Qui, comme le mien, foit tout feu ?
   Quand on vous voit fur le Théatre,
Chaque cœur de vous idolâtre,
Forme des vœux à tout moment ;
Epris de vos graces naïves,
De vos façons nobles & vives,
Tout Spectateur eft votre amant.

A LA MEME.

Si feu *Jupin* étoit encore en vie,
    Pour voir briller tous vos appas,
  Il quitteroit le Nectar, l'Ambrosie;
En lorgneur de Théatre, il viendroit ici bas,
    Vous admirer former des pas,
Et rire en vous voyant jouër la Comédie.

A M. MARIO.

Mario, dans l'Italien,
  Est gracieux Comédien;
   Et dans quelque Piece Françoise,
  Il a le jeu séduisant & flatteur;
Je ne dis rien de plus, Public ne vous déplaise!
Quiconque a ses talens, doit être un bon Acteur.

A M. POISSON.

Que peut-on dire de Poisson?
C'est un Pantomine très-bon.
Quel air! quel ton! quelle encolure!
Je crois qu'il fut exprès taillé
Pour que tout benêt fût raillé,
Sous son admirable figure.

A M. LEGRAND.

LEGRAND n'eſt pas un grand garçon,
Mais ſa voix eſt grande & très-belle.
Quand il fait un récit très-bon,
L'eau bien-tôt baigne ma prunelle;
Et dans plus d'un rolle il excelle,
Mon cœur en eſt la caution.

A M. VINCENT THOMASSIN.

THOMASSIN plaît beaucoup, quand dans la
Danſe haute,
Il fait briller ſon adroite vigueur.
Il eſt bon, quand il eſt Acteur
Mais il enchante quand il ſaute.

A MADAME DE HESSE.

CATINE ſçait par ſa douceur,
Charmer mon eſprit & mon cœur.
Ses rolles ſont toujours joués avec décence;
Elle plaît en parlant, elle plaît dans la Danſe.

Voilà, Madame, tout ce que ma Muſe naiſſante a
pû m'inſpirer. Je ſuis fâchée de ne pas célebrer toutes
les perſonnes qui le méritent; c'eſt un reproche que je
fais à mon eſprit.

Je

Je joins à ma Lettre *l'Impromptu des Acteurs*, Comédie nouvellement imprimée, & qui a fait grand plaisir. Elle est de M. *Sticotti*. M. *Panard* a travaillé à cette Piece avec lui ; & vous reconnoîtrez aisément son style dans la Scene des Maximes, qui a été jouée avec le plus beau naturel du monde par M. *Riccoboni* dont vous connoissez les heureux talens. Voici quelques couplets non imprimés, qui ont été fort applaudis ; ils sont aussi de M. *Panard*, l'un des premiers Chansonniers du Royaume.

Vive L O U I S !
Sa valeur au Destin commande ;
Vive L O U I S !
Ses Exploits font fleurir les Lys.
Que sa gloire par-tout s'étende !
Célebrons ses faits inouis.
Que de tous côtés on entende :
Vive L O U I S !

En arrivant,
L O U I S fait plus qu'on ne peut croire ;
En arrivant,
Il combat, il est triomphant.
Son Fils au Temple de Mémoire
Ne va pas moins rapidement.
Ah ! qu'ils ont moissonné de gloire ;
En arrivant !

A Fontenoy,
On a vû l'audace enchaînée,
A Fontenoy
Nous avons imposé la loy.
Malgré sa fureur obstinée,
L'Ennemi vaincu par mon Roy,
Se souviendra de la journée
De Fontenoy.

B

Voici encore, Madame, quelques pieces de Vers, qui font toutes nouvelles pour vous, & je me flatte que vous voudrez bien m'en fçavoir quelque gré, à l'exception, peut-être, de la premiere, qui paroît avoir été faite pour vous.

A CLORIS.

Un jour l'Enfant aîlé, qu'on adore à Cythere,
Pour qui les Dieux & les Mortels
Ont, de tout tems, élevé des Autels,
Fut difgracié par fa Mere.
Plein de dépit & de colere,
D'un vol léger l'Amour vint à Paris,
Suivi des Jeux, des Graces & des Ris :
A tous il infpira l'art d'aimer & de plaire.
Faifons naître, dit-il, dans ce riant féjour,
Pour le tiomphe de l'Amour,
Une Beauté frappante, une Venus nouvelle,
Dont les attraits me vengent des mépris
De la trop altiere Cypris.
Par un petit battement d'aîle,
Il vous donna le jour, belle Cloris.
Les Immortels, du haut de l'Empirée,
Admirerent en vous une autre Cytherée.
Plein de raviffement, en cet aimable jour,
Chaque Dieu fut d'intelligence
A faire éclater fa puiffance,
Pour rendre plus parfait l'ouvrage de l'Amour.
Jupiter vous fit don d'une ame généreufe,
Junon vous décora d'une noble fierté,
Le Dieu des Vers vous fit la faveur précieufe
De parler & d'écrire avec folidité,
Le Deftin vous rendit heureufe.
Enfin, Cloris, en vous, talens, felicité,
Tout égale votre beauté.

Le Prince de CONTI dans les Alpes,

CANTATILLE.

LE Prince charmant que je chante
S'éleve au rang des Immortels.
François, à fa gloire éclatante,
Vos cœurs reconnoiffans font briller des Autels.

Les Alpes tonnantes admirent
Ses vertus, fes nobles travaux :
Que nos fiers Ennemis foupirent !
Le Regne de LOUIS eft celui des Héros.

Mille rocs fourcilleux cedent à fon courage,
Ce n'eft point *Annibal*, c'eft un Dieu triomphant.
De fon fang la valeur fut toujours l'appanage ;
        Comme *Achille* il vole au carnage,
        Comme *Neftor* il eft prudent.
Dans fes vaillantes mains Bellone a mis fes armes,
Vainement le canon gronde de toutes parts,
        Il ne connoît point les allarmes ;
        Par-tout il reprefente *Mars*,
        Et fes Soldats font des Cefars.

D'un Prince aimé de la Victoire,
Peuples, célebrez les exploits ;
Sur le char pompeux de la Gloire,
On le voit triompher pour le plus grand des Rois.

L'intrépidité, la conftance,
Enfantent fes faits glorieux :
CONTI devient cher à la France,
Son amour pour fon Roi le rend victorieux.

La Fête des Cœurs, à l'occaſion du Mariage de MONSEIGNEUR LE DAUPHIN.

CANTATILLE.

PAr un Hymen rempli de gloire,
La France triomphe en ce jour :
Sur les aîles de la Victoire,
On voit voler le tendre Amour.

Dans ces lieux charmans & paiſibles
Regnent les Plaiſirs enchanteurs :
Tous les Mortels y ſont ſenſibles,
C'eſt la Fête de tous les Cœurs.

Pour jouir d'un bonheur ſuprême,
Fils de Venus, arrache ton bandeau :
Au feu divin de ton flambeau,
Dans deux Objets brillans, viens t'adorer toi-même.
Pſiché, de l'auguſte DAUPHINE
Ne faiſoit qu'annoncer les éclatans attraits,
Et c'eſt d'après l'Amour, de ſa beauté divine,
Que les Dieux, du DAUPHIN ont formé tous les traits.

Dieux des Ondes, Dieux de la Terre,
Chantez, formez de doux concerts :
Toi, qui fais gronder le Tonnerre,
Accours embellir l'Univers.

Dans ces aſyles favorables,
Que l'Amour lance tous ſes feux :
A jamais ils ſeront durables,
Puiſqu'ils ſont l'ouvrage des Dieux.

RONDEAU,

Sur la Bataille de FONTENOY.

VIctorieux font le Pere & le Fils
Des Alliés, furieux ennemis :
Malgré leur feû, malgré leur violence,
Ils ont perdu la flatteufe efperance
De s'oppofer aux armes de LOUIS.

Brillez toujours, incomparables Lys,
Tout eft pour vous, les Dieux font vos amis;
Ils vous rendront, en plus d'une occurence,
Victorieux.

Peres du Peuple, en tous lieux fi chéris,
Qui de la gloire êtes vraiment épris,
Pendant qu'en vous on admire la France
Entre vos mains confier fa défenfe :
Toutes les voix vous nomment à Paris,
Victorieux.

VERS fur la Prife de TOURNAY.

MAlgré toute fa réfiftance
Tournay vient de fe rendre au plus aimé des Rois,
LOUIS vous rejoint à la France,
C'eft un bonheur pour vous d'en recevoir des Loix.

Ce n'eft point un Vainqueur farouche
Qui vous foumet à fes efforts puiffans,
Mais un Pere chéri, que votre malheur touche,
Et qui vous met au rang de fes Enfans.

Réuniſſez vos voix & célebrez ſa gloire,
    Oui, chantez tous avec ardeur:
    Quand il remporte la victoire
  Sa bonté brille autant que ſa grandeur.

Toi, qui du haut des Cieux, fais proſperer la Terre,
Seigneur, daigne veiller ſur les jours de LOUIS:
    Pendant une trop juſte Guerre,
Couvre de tes regards & le Pere & le Fils.

  Je ſouhaite, Madame, que ma Lettre ait pû vous
occuper agréablement; c'eſt le ſeul point où j'aſpire;
& au bonheur de vous aſſurer que perſonne au monde n'eſt plus parfaitement que moi.

MADAME,

                VOTRE &c.

F I N.

Lu & approuvé, ce 3 Juin 1745.
      CREBILLON.

Vu l'Approbation du Sieur Crebillon, permis d'imprimer. A Paris ce 4 Juin 1745.
          MARVILLE.

LETTRE

A MADAME

LA DUCHESSE DE ***,

CONTENANT

DES OBSERVATIONS

sur LES TALENS DU THEATRE, &c. où l'on a joint quelques Piéces, qui sont échapées aux recherches du Compilateur, avec des Vers nouveaux, sur diverses matieres du tems.

*Par Mademoiselle de ***.*

A PARIS,

Chez MESNIER, ruë Saint Severin, au Soleil d'Or, ou en sa Boutique, au Palais, Grande Salle, même Enseigne.

MDCCXLV.

A MADAME
LA DUCHESSE DE ***

MADAME,

N prenant la liberté de vous écrire
& de vous gronder, j'abuse peut-
être un peu trop de vos bontés, mais
je ne puis me taire : Pouvez - vous
rester dans un Château, où vous ne
voyez que vos gens, & quelques
campagnardes ennuyeuses, qui ont
intérieurement la vanité de se croire aussi grandes
Dames que vous ? Pouvez-vous, dis-je, être tranquille dans votre *isolement*, pendant que Paris retentit
de la valeur du Roi, de ses glorieuses Victoires, des
brillans essais militaires de Monseigneur le Dauphin,
& qu'il n'est point d'éloges que ne méritent nos moindres Troupes ? Mais, Madame, les François pourront-
ils jamais être vaincus, tant qu'ils auront à leur tête les
objets de leur amour & de leur vénération ? à l'occa-
sion de la celebre Bataille de Fontenoy, chantée si divinement par Monsieur de Voltaire, on a tiré, à la
Ville, un superbe Feu d'Artifice, de la composition
des freres *Ruggieri*, natifs de Bologne en Italie, dont
les talens vons ont extrèmement surpris l'année passée,
dans l'exécution de leur Feu intitulé *le Berceau*. L'Atlas
qu'ils donnent actuellement, sur le Théatre Italien,

A ij

réuffit avec un fuccès qui étonne les yeux & l'efprit :
ces gens-là manient la poudre comme un habile Peintre
manie fon Pinceau ; Étoiles fixes, Soleils, Lunes,
Gerbes, Globes, tout eft de leur reffort.

Revenez-donc, Madame, partager nos amufemens
& admirer ces prodiges de l'Art. Peut-on refpirer ail-
leurs qu'à Paris, ou du moins, peut-on être long-tems
fans y revenir, quand nos volontés ne craignent aucune contradiction ?

Un jeune homme de mes parens, qui vint de Breta-
gne me voir, au mois de Novembre dernier, me con-
firme encore dans mon opinion fur Paris, & je ne con-
çois pas comment j'ai pu oublier de vous faire voir les
Vers qu'il fit, en partant pour s'en retourner, dans le
tems que le Roi honoroit la Capitale du Royaume de fa
préfence. Voici les Vers en queftion :

Adieu, Ville pleine de charmes,
Où regnent les jeux & les ris,
En m'éloignant de vos Palais chéris
Je gémis, je verfe des larmes ;
C'eft le moindre tribut que je doive à Paris.
Eft-il au monde un lieu plus agréable ?
Le plaifir, fous un mafque aimable,
Y fait naître la volupté ;
Tout y refpire la gaïté,
Sur-tout depuis que le Ciel favorable,
Y fait voir de Louis l'augufte Majefté.
Je reverrai le lieu de ma naiffance,
Je reverrai mon Pere & ma Mere & ma Sœur,
Je reverrai mon Oncle, Protecteur
Des Arts & des Talens que le bon goût encenfe ;
Mais cet attrait flateur, dont mes fens font ravis,
Ne peut me confoler d'abandonner Paris.

Mais, Madame, qu'elle erreur eft la mienne ? Je
m'apperçois que je me trompe : le fein de Paris ne fe

trouve-t'il pas par-tout où vous êtes, par l'affiduité avec laquelle on vous envoye toutes les nouvelles, & tout ce que la preffe fait éclore d'intereffant? c'eft pourquoi je ne doute pas que vous n'ayez vû *les Talens du Théatre*, compilation de prefque tous les Vers que l'on a faits, depuis plus de vingt ans, à la loüange des illuftres Perfonnages qui nous divertiffent encore tous les jours, par leur gracieufe déclamation ou leurs jeux comiques, leur voix fonnore, ou leurs pas variés, par les graces & par les amours.

Cet ouvrage, felon moi, mérite quelque éloge, par les foins d'avoir raffemblé, en un feul corps, la plus grande partie de ce qui étoit noyé dans un fatras de volumes périodiques; mais j'aurois voulu que l'Auteur, qui nous a régalé de ce Cadeau Litteraire, eût réparé, par une Préface, le tort que les Poëtes ont eu de n'avoir pas célébré quelques perfonnes dont les Talens ne font rien moins que méprifables; il auroit pu, en les nommant feulement, les tirer de l'efpece d'obfcurité où il les a laiffées, & par là, faire connoître aux Lecteurs de fon Ouvrage qu'elles font dignes, à quelques égards, d'avoir une place au Temple de Mémoire.

Par exemple, à l'article de l'Opera, il n'eft fait aucune mention du celebre *Dupré*, des gracieux *Malters*, des rapides *Javiliers*, de l'impétueux *Sodi*, ni de plufieurs jolies Danfeufes qui ont des graces, & que l'on applaudit avec juftice.

Le Page, *Albert*, *Cavilier & la Tour*, plaifent à beaucoup de monde; il n'en eft pas queftion. Cela prouve que la plûpart des loüanges données ont d'autres vues que les Talens; & je fuis tentée de croire que fi une brillante Danfeufe avoit été moins aimable qu'elle ne l'eft, elle n'eût pas été tant célébrée par les Mufes.

La Comedie Françoife eft encore plus maltraitée; tous les éloges font pour la charmante *Gauffin*, & l'aimable *Dangeville* : Je conviens que ces deux Actrices font admirables ; mais pour cela falloit-il oublier *Sarrazin* , *Armand* , *la Thorilliere* , *Legrand* , *Poisson* , *Lanouë* , *Rozelly* , & quelques Actrices, comme Mesdemoifelles *Dubreüil* , *Lamotte* , & *Lavoye* ? En confcience, Madame, je me fens très - férieufement en colere d'un oubli auffi marqué, & je ne puis me perfuader que la raifon en foit le fondement.

La Comedie Italienne eft un peu mieux fervie. Cependant je n'ai pu fans dépit ne rien trouver à la loüange de Mademoifelle *Flaminia* , que vous connoiffez parfaitement pour une perfonne d'un mérite peu commun. Les vrais connoiffeurs l'eftiment beaucoup dans l'Italien, & la mettent au-deffus de ce qu'il y a de meilleur, dans fon genre, en Italie. De plus, elle eft aggrégée, comme telle, dans plus d'une Academie *Ultramontaine.*

Scapin eft un Pantomime charmant, de qui on pouvoit dire mille bonne chofes, puifque c'eft un Acteur qui plaît généralement.

Mario devoit-il être omis ? Il eft excellent dans les Amoureux Italiens, & il remplit plufieurs bons rolles en François, comme de certains perès, des païfans, des niais ; fur-tout, il eft inimitable dans *les fauffes confidences* , où il jouë le Procureur.

Thomaffin jouë avec goût ; s'il ne danfe pas comme *Balletti* , peut-on nier qu'il n'ait beaucoup de jarret & de legereté : qui mieux que lui danfe le Polichinelle ?

Camille , fœur de *Coraline* , eft admirée & promet une grande Danfeufe. Eh bien ! ne pouvoit-on pas lui adreffer ce Quatrain ?

Camille, encore dans l'enfance,
    Avec goût vous formez des pas :
Vous ferez quelque jour briller tous les appas
    Qui peuvent manquer à la Danfe.

Que dites-vous, Madame, de ce coup d'eſſai de
verſification? S'il a le bonheur de vous plaire, je tâcherai de vanger une partie des Acteurs oubliés, &
j'en forme dès à preſent le projet. Mais auparavant,
Madame, permettez-moi de vous faire part d'une découverte heureuſe que j'ai faite : Une perſonne qui
m'honore de ſon amitié, & qui eſtime comme vous
les talens diſtingués de Mademoiſelle Silvia, m'a communiqué trois ou quatre pieces, à ſa loüange, qui, je
crois, n'ont jamais été imprimées, & je vais les tranſ-
crire ici de ſuite :

VERS *de* M PESSELIER.

IL eſt une Actrice admirable,
Qui captive à la fois les eſprits & les cœurs :
De la critique inexorable,
De l'envie aux yeux noirs ſes talens ſont vainqueurs.
Dans ſon glorieux ſein *Toulouſe* la vit naître,
Et Paris dans le ſien toujours la portera.
Elle peut, à ces traits, ne pas ſe reconnoître,
Mais tout Paris la nommera.

Le plaiſir vole ſur ſes traces;
Elle joint la fineſſe à la naïveté,
Et les plus ſéduiſantes graces
Au plus vif agrément de la legereté
Le charmant Naturel, qui fut ſon premier maître,
Lui donna ce que l'art jamais ne donnera;
Elle voudra ſans doute ici ſe méconnoître,
Mais tout Paris la nommera.

Qu'il eſt beau d'ignorer ſoi-même
La conquête des cœurs qu'on attache à ſes pas,

Heureux talens que je vous aime,
Lorsque le fol orgueil ne vous dégrade pas !
De celle que mes Vers défobligent peut-être,
L'auftere modeftie en vain murmurera ;
Cette ébauche commence à la faire connoître,
Et le Parterre achevera.

Quoi ! toujours de l'incertitude
Sur l'objet dont le nom eft pour vous un fecret !
Diffipons votre inquiétude,
Dût celle que je peins m'appeller indifcret.
Je vais vous la donner facile à reconnoître :
Montrez-vous fur la Scene , elle s'y trouvera ;
J'ofe même affûrer qu'en vous voyant paroître,
Le Parterre la nommera.

VERS d'un Auteur , *en lui envoyant une Piece.*

TOI que le Public idolâtre,
SILVIA , l'ame du Theatre ,
Par les graces & par l'efprit ,
On te foumet ce Manufcrit.
Si l'auteur , quel qu'il foit , mérite ton fuffrage ,
Il eft au comble de fes vœux.
Si tu veux fur la Scene enrichir fon ouvrage ,
Le fuccès n'en eft pas douteux.

5

SE peut-il que le tems, tyran de notre vie,
    N'ait fait qu'augmenter vos attraits ?
Depuis près de douze ans que de loin, ni de près,
Je n'ai vû les beaux yeux dont mon ame eſt ravie,
Quoi, je les trouve encor plus brillans que jamais !
Ce mérite éclatant, gage unique & fidele
    Du rang que vous gardent les Dieux,
    En ce moment, m'ouvre les yeux,
Charmante S I L V I A, vous êtes immortelle,

P O R T R A I T.

CHARMER le Spectateur par le plus beau de
    l'Art,
Et l'embellir encor des traits de la Nature ;
Paroître habile en tout, gracieuſe & ſans fard,
Aimable S I L V I A, voilà votre peinture,

Avouez, Madame, que votre cœur s'eſt épanoüi de joye à la lecture des vers judicieux qui ont été faits pour cette digne actrice, & convenez qu'elle eſt l'unique au monde, qui connoiſſe le plus parfaitement le cœur de ſon ſexe, qu'elle poſſede en gros les caracteres de toutes les femmes, & qu'elle les rend au mieux en détail.

Mais, Madame, vous parlerai-je de l'Opera Comique ? Oui, tous les Spectacles ſont du goût des perſonnes en qui il domine. Le compilateur en a dit peu de chofe, & peut-être a-t'il crû qu'il en difoit encore trop. Cependant il eft inconteftable que ce Spectacle plaît à préfent à beaucoup de monde ; les fujets qu'il a répréfentés depuis peu qui ont intereffé toute la Nation, * la gayeté inféparable du Vaudeville, une certaine décence qui ne lui étoit pas ordinaire , tout cela rend fon deftin plus brillant que jamais. Je fuis fâchée que l'on n'ait pas plus célebré d'Acteurs & d'Actrices de ce Théatre ; Je fens bien ce qui a retenu les Mufes , & je ne m'aviferai point de les engager à fe démentir , à moins que vous ne me l'ordonniez ; vous feule , Madame , pouvez me faire vaincre la force du préjugé. En attendant vos ordres à ce fujet , daignez accepter quelques portraits des perfonnes de Théatre qui me font toujours plaifir , & que j'ai pris la liberté de crayonner. Si mon ouvrage vous détermine à être de mon fentiment , je me croirai de très-bon goût.

ESSAI DE PORTRAITS.

A M. SODI Danfeur Italien.

T U danfes avec tant de force ,
Que je crois , cher SODI , fans vouloir te flatter ,
Que c'eft Eole qui te force
A tout moment à l'imiter.

A M. ROZELLI.

Q U E dirai-je de ROZELLI ?
C'eft un Comédien extrêmement joli ;

* Les Victoires & la Convalefcence du Roy.

Je porterai son nom au-dessus de la nuë,
Quand la voix lui sera venuë.

A M. BENOZZI.

BENOZZI, Docteur Lanternon,
Dans ce rolle a trouvé le sûr moyen de plaire ;
Mais avouons que le compere
Jouë à ravir du violon.

A M. STICOTTI.

QUOIQUE par son rolle il le semble ,
STICOTTI vraiment n'est pas sot ;
Et tant qu'il jouera le Pierrot,
Sa figure & son jeu quadreront bien ensemble.

A MADEMOISELLE FLAMINIA.

LES connoisseurs, ce Public respectable,
Que le vrai seul touche, ravit,
Vous trouveront beaucoup d'esprit,
Des sentimens, un génie admirable.
Oui, sçavante FLAMINIA,
Sur la Scene Italique en vain on cherchera
Une Actrice à vous comparable ;
Tous les Spectateurs de ces lieux
Ne connoîtront jamais les vrais présens des Dieux.

A M. BONNEVAL.

BONNEVAL me semble estimable,
Il possede assés bien son art ;
Il est doux, gracieux, affable,
Et me plaît beaucoup en vieillard.

A M. ARMAND.

ARMAND, éleve de Thalie,
Tu sçais mêler l'agréable folie
Au sérieux,le plus charmant.
Soit que tu danses, que tu chantes,
Tu gagnes le Public, tu lui plais, tu l'enchantes,
Et tous les cœurs sont pour ARMAND.

A M. SARRAZIN.

QUOIQUE Riccoboni dans Agnès fasse rire,
En contrefaisant SARRAZIN ;
Quand il nous réprésente un Empereur Romain,
Malgré sa voix rude, il inspire
Quelque chose de doux qui pénétre le cœur,
Et qui décide assés qu'il est un grand Acteur.

A M. DE LA THORILLIERE.

MA foi, le monde est bien étrange !
Jadis LA THORILLIERE étoit hué, sifflé ;

Acteur mauvais il étoit appellé.
Voyez un peu comme tout change !
Il rend au mieux un Financier,
Un radoteur, un ridicule pere ;
On applaudit La Thorilliere,
Et toujours il a fait aussi bien son métier.

A M. CARLIN.

PENDANT plus de vingt ans Thomassin dans
Paris,
Attendrit dans les pleurs, réjouit dans les ris.
On croyoit que jamais la féconde Nature
Ne pourroit remplacer ses gestes, sa figure ;
Cher CARLIN, tu démens tout le monde aujour-
d'huy :
On dit par-tout de toi ce qu'on disoit de lui.

A M. CIAVARELLI.

QUE l'on aime le grand Scapin,
Quand, dans une nuit fort obscure,
Avec le petit Arlequin,
Il fait une Scene qui dure.

EPITRE à Mademoiselle CORALINE,
qui se trouve à la tête de LA SALAMANDRE,
*Nouvelle Allégori - Comique , qui lui a été
dédiée.*

ACCEPTEZ, Belle CORALINE,
Le présent que mon cœur vous fait ;
Ma Muse, pour qu'il fût parfait,
Voudroit pouvoir être divine ;
Son vol rapide, dans les Cieux
Voudroit aller puiser la rime,
Et pour mieux se mettre en estime,
Vous parler comme on parle aux Dieux.
　En vous je vois une Déesse,
Pour la beauté, pour les talens ;
Chez vous que d'art ! que de finesse !
Que de pas flateurs & brillans !
　En vous offrant ma *Salamandre*,
C'est sans doute vous offrir peu ;
Mais quel présent peut-on attendre,
Qui, comme le mien, soit tout feu ?
　Quand on vous voit sur le Théatre,
Chaque cœur de vous idolâtre,
Forme des vœux à tout moment ;
Epris de vos graces naïves,
De vos façons nobles & vives,
Tout Spectateur est votre amant.

A LA MEME.

SI feu *Jupin* étoit encore en vie,
Pour voir briller tous vos appas,
Il quitteroit le Nectar, l'Ambrofie;
En lorgneur de Théatre, il viendroit ici bas,
Vous admirer former des pas,
Et rire en vous voyant jouër la Comédie.

A M. MARIO.

MARIO, dans l'Italien;
Eft gracieux Comédien;
Et dans quelque Piece Françoife,
Il a le jeu féduifant & flatteur;
Je ne dis rien de plus, Public ne vous déplaife !
Quiconque a fes talens, doit être un bon Acteur.

A M. POISSON.

QUE peut-on dire de POISSON?
C'eft un Pantomine très-bon.
Quel air ! quel ton ! quelle encolure !
Je crois qu'il fut exprès taillé,
Pour que tout benêt fût raillé,
Sous fon admirable figure.

A M. LEGRAND.

LEGRAND n'eſt pas un grand garçon,
Mais ſa voix eſt grande & très-belle.
Quand il fait un récit très-bon,
L'eau bien-tôt baigne ma prunelle;
Et dans plus d'un rolle il excelle,
Mon cœur en eſt la caution.

A M. VINCENT THOMASSIN.

THOMASSIN plaît beaucoup, quand dans la
Danſe haute,
Il fait briller ſon adroite vigueur.
Il eſt bon, quand il eſt Acteur
Mais il enchante quand il ſaute.

A MADAME DE HESSE.

CATINE ſçait par ſa douceur,
Charmer mon eſprit & mon cœur.
Ses rolles ſont toujours joués avec décence;
Elle plaît en parlant, elle plaît dans la Danſe.

Voilà, Madame, tout ce que ma Muſe naiſſante à
pû m'inſpirer. Je ſuis fâchée de ne pas célebrer toutes
les perſonnes qui le méritent; c'eſt un reproche que je
fais à mon eſprit.

Je joins à ma Lettre *l'Impromptu des Acteurs*, Comédie nouvellement imprimée, & qui a fait grand plaisir. Elle est de M. *Sticotti*. M. *Panard* a travaillé à cette Piece avec lui ; & vous reconnoîtrez aisément son style dans la Scene des Maximes, qui a été jouée avec le plus beau naturel du monde par M. *Riccoboni* dont vous connoissez les heureux talens. Voici quelques couplets non imprimés, qui ont été fort applaudis ; ils sont aussi de M. *Panard*, l'un des premiers Chansonniers du Royaume.

Vive LOUIS !
Sa valeur au Destin commande ;
Vive LOUIS !
Ses Exploits font fleurir les Lys.
Que sa gloire par-tout s'étende !
Célebrons ses faits inouis.
Que de tous côtés on entende ;
Vive LOUIS !

En arrivant,
LOUIS fait plus qu'on ne peut croire ;
En arrivant,
Il combat, il est triomphant.
Son Fils au Temple de Mémoire
Ne va pas moins rapidement.
Ah ! qu'ils ont moissonné de gloire,
En arrivant !

A Fontenoy,
On a vû l'audace enchaînée ;
A Fontenoy
Nous avons imposé la loy.
Malgré sa fureur obstinée,
L'Ennemi vaincu par mon Roy,
Se souviendra de la journée
De Fontenoy.

Voici encore, Madame, quelques pieces de Vers,
qui font toutes nouvelles pour vous, & je me flatte
que vous voudrez bien m'en fçavoir quelque gré, à
l'exception, peut-être, de la premiere, qui paroît
avoir été faite pour vous.

A CLORIS.

Un jour l'Enfant aîlé, qu'on adore à Cythere,
Pour qui les Dieux & les Mortels
Ont, de tout tems, élevé des Autels,
Fut difgracié par fa Mere.
Plein de dépit & de colere,
D'un vol léger l'Amour vint à Paris,
Suivi des Jeux, des Graces & des Ris :
A tous il infpira l'art d'aimer & de plaire.
Faifons naître, dit-il, dans ce riant féjour,
Pour le tiomphe de l'Amour,
Une Beauté frappante, une Venus nouvelle,
Dont les attraits me vengent des mépris
De la trop altiere Cypris.
Par un petit battement d'aîle,
Il vous donna le jour, belle Cloris.
Les Immortels, du haut de l'Empirée,
Admirerent en vous une autre Cytherée.
Plein de raviffement, en cet aimable jour,
Chaque Dieu fut d'intelligence
A faire éclater fa puiffance,
Pour rendre plus parfait l'ouvrage de l'Amour.
Jupiter vous fit don d'une ame généreufe,
Junon vous décora d'une noble fierté,
Le Dieu des Vers vous fit la faveur précieufe
De parler & d'écrire avec folidité,
Le Deftin vous rendit heureufe.
Enfin, Cloris, en vous, talens, felicité,
Tout égale votre beauté.

Le Prince de CONTI dans les Alpes,

CANTATILLE.

LE Prince charmant que je chante
S'éleve au rang des Immortels.
François, à fa gloire éclatante,
Vos cœurs reconnoiffans font briller des Autels.

Les Alpes tonnantes admirent
Ses vertus, fes nobles travaux :
Que nos fiers Ennemis foupirent !
Le Regne de LOUIS eft celui des Héros.

Mille rocs fourcilleux cedent à fon courage,
Ce n'eft point *Annibal*, c'eft un Dieu triomphant.
De fon fang la valeur fut toujours l'appanage ;
Comme *Achille* il vole au carnage,
Comme *Neftor* il eft prudent.
Dans fes vaillantes mains Bellone a mis fes armes,
Vainement le canon gronde de toutes parts,
Il ne connoît point les allarmes ;
Par-tout il reprefente *Mars*,
Et fes Soldats font des Cefars.

D'un Prince aimé de la Victoire,
Peuples, célébrez les exploits ;
Sur le char pompeux de la Gloire,
On le voit triompher pour le plus grand des Rois.

L'intrépidité, la conftance,
Enfantent fes faits glorieux :
CONTI devient cher à la France,
Son amour pour fon Roi le rend victorieux.

La Fête des Cœurs, à l'occasion du Mariage de MONSEIGNEUR LE DAUPHIN.

CANTATILLE.

PAr un Hymen rempli de gloire,
La France triomphe en ce jour :
Sur les aîles de la Victoire,
On voit voler le tendre Amour.

Dans ces lieux charmans & paisibles
Regnent les Plaisirs enchanteurs :
Tous les Mortels y sont sensibles,
C'est la Fête de tous les Cœurs.

Pour jouir d'un bonheur suprême,
Fils de Venus, arrache ton bandeau :
Au feu divin de ton flambeau,
Dans deux Objets brillans, viens t'adorer toi-même.
Psiché, de l'auguste DAUPHINE
Ne faisoit qu'annoncer les éclatans attraits,
Et c'est d'après l'Amour, de sa beauté divine,
Que les Dieux, du DAUPHIN ont formé tous les traits.

Dieux des Ondes, Dieux de la Terre,
Chantez, formez de doux concerts :
Toi, qui fais gronder le Tonnerre,
Accours embellir l'Univers.

Dans ces asyles favorables,
Que l'Amour lance tous ses feux :
A jamais ils feront durables,
Puisqu'ils sont l'ouvrage des Dieux.

RONDEAU,

Sur la Bataille de FONTENOY.

Victorieux sont le Pere & le Fils
Des Alliés, furieux ennemis :
Malgré leur feu, malgré leur violence,
Ils ont perdu la flatteuse esperance
De s'opposer aux armes de LOUIS.

Brillez toujours, incomparables Lys,
Tout est pour vous, les Dieux sont vos amis ;
Ils vous rendront, en plus d'une occurence,
Victorieux.

Peres du Peuple, en tous lieux si chéris,
Qui de la gloire êtes vraiment épris,
Pendant qu'en vous on admire la France
Entre vos mains confier sa défense :
Toutes les voix vous nomment à Paris,
Victorieux.

VERS sur la Prise de TOURNAY.

Malgré toute sa résistance
Tournay vient de se rendre au plus aimé des Rois,
LOUIS vous rejoint à la France,
C'est un bonheur pour vous d'en recevoir des Loix.

Ce n'est point un Vainqueur farouche
Qui vous soumet à ses efforts puissans,
Mais un Pere chéri, que votre malheur touche,
Et qui vous met au rang de ses Enfans.

Réuniſſez vos voix & célebrez ſa gloire,
Oui, chantez tous avec ardeur :
Quand il remporte la victoire
Sa bonté brille autant que ſa grandeur.

Toi, qui du haut des Cieux, fais proſperer la Terre,
Seigneur, daigne veiller ſur les jours de L O U I S :
Pendant une trop juſte Guerre,
Couvre de tes regards & le Pere & le Fils.

Je ſouhaite, Madame, que ma Lettre ait pû vous occuper agréablement ; c'eſt le ſeul point où j'aſpire ; & au bonheur de vous aſſurer que perſonne au monde n'eſt plus parfaitement que moi,

M A D A M E,

Votre, &c.

F I N.

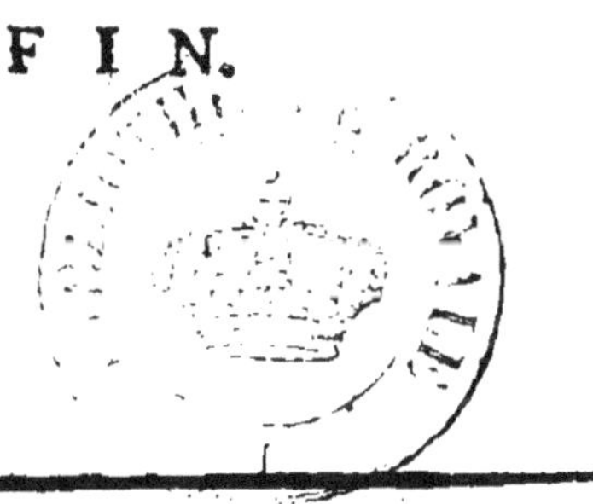

LU & approuvé, ce 3 Juin 1745.
CRÉBILLON.

VU l'Approbation du Sieur Crebillon, permis d'imprimer. A Paris ce 4 Juin 1745.
MARVILLE.